EL PRINCIPIO DE LOS

gorilas BEBÉS

KATE RIGGS

CREATIVE EDUCATION

TABLA DE

CONTENIDO

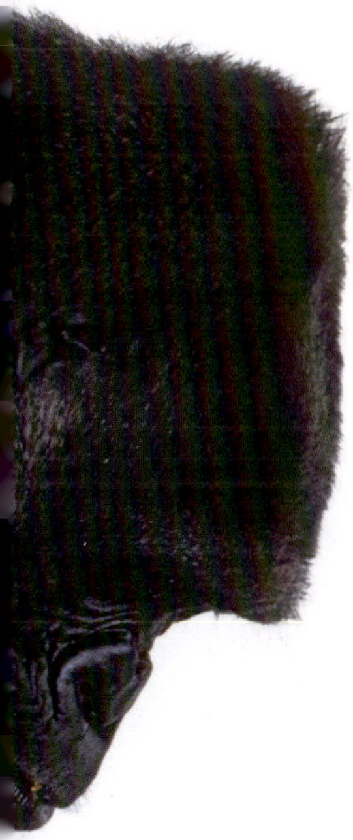

SOY UNA CRÍA DE GORILA.

Soy un gorila bebé.

¡Mira mi nariz suave y chata, y mis ojos grandes!

Cuando nací, pesaba
4.5 libras (2 kg).

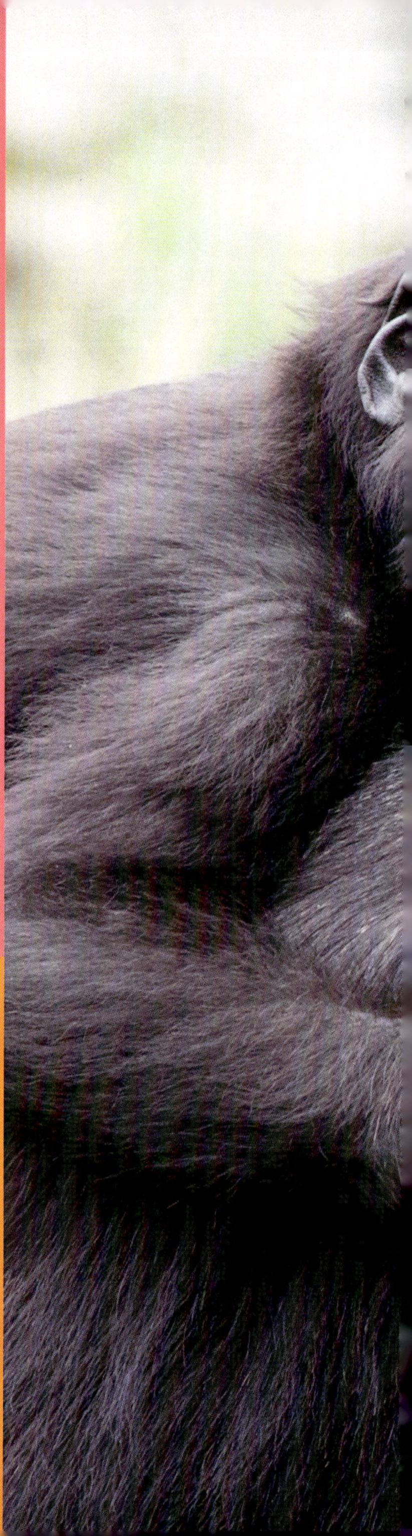

Me sujeto muy fuerte de mi madre con las patas y las manos.

Mis brazos son más largos que mis piernas.

Empiezo a gatear a partir de los dos meses de vida. Una vez que empiece a caminar, lo haré sobre los cuatro miembros.

Me alimento de la leche de mi madre. Luego comenzaré a comer plantas también.

Lucho con otros gorilas de mi manada. Mi madre me lleva a donde quiera que vaya.

¡Soy un gorila joven!

HABLA Y ESCUCHA

HHHH!

¿Puedes hablar como una cría de gorila? Los gorilas pueden reírse, gritar, chillar, y cantar.

Escucha esos sonidos:

https://www.youtube.com/watch?v=HWmZHrWSXkU

¡Ahora es tu turno!

PALABRAS BEBÉS

luchar: jugar a pelear

manada: un grupo de gorilas que viven y se alimentan juntos

ÍNDICE

PUBLICADO POR CREATIVE EDUCATION
P.O. Box 227, Mankato, Minnesota 56002
Creative Education es una marca editorial de The Creative Company
www.thecreativecompany.us

DISEÑO Y PRODUCCIÓN
de Chelsey Luther & Joe Kahnke
Dirección de arte de Rita Marshall
Impreso en los Estados Unidos de América
Traducción de TRAVOD, www.travod.com

FOTOGRAFÍAS de Alamy (Dorling Kindersley ltd, John Gooday), Getty Images (KAREN BLEIER/AFP, Justin Sullivan/Getty Images News), iStockphoto (Grant Thomas), National Geographic Creative (Joel Sartore/National Geographic Photo Ark), Shutterstock (Bohbeh, cosma, LMspencer, Nagel Photography)

INFORMACIÓN DEL CATÁLOGO DE PUBLICACIONES
de la Biblioteca del Congreso is available under PCN 2019930460.
ISBN 978-1-64026-278-2 (library binding)